इक्का प्यार

BINDING PAIN

सुमीत कुमार

सुमीत कुमार

सुमीत कुमार, एक वयस्क जो जीवन के कई चरणों का अनुभव करता है, एक प्रसिद्ध लेखक और नए युग के लेखक हैं। वास्तव में वह एक लेखक होने के साथ-साथ गायक, कवि, शायर, उद्धरण लेखक, गीतकार और एक कलाकार भी हैं। एंकर या स्टैंडअप कॉमेडियन। उनके बारे में बहुत ही रोचक और दिलचस्प तथ्य यह है कि वे नए युग के लेखक हैं यानी उन्होंने अपने लेखन की यात्रा उस उम्र में शुरू की जब वह अध्ययन करने के लिए स्कूलों जा रहे थे।

उनकी 100 पुस्तकों की स्ट्रीक महान होगी भविष्य में उनके लिए उपलब्धि, उनकी कुछ प्रसिद्ध रचनाएँ यानी प्रेम की परिपक्वता

(शैली _प्रेम) स्वप्न की गोपनीयता (शैली-मध्य वर्ग की जीवन शैली)।

आप नोटियन प्रेस, अबे बुक्स, इम्युजिक इन, फ्लिपकार्ट, एमेजॉन, किंडल, इंस्टेंट रीड लाइक ईबुक, किंडल, गूगल, इंटरनेशनल साइट्स और कई अन्य से भी उनकी किताब खरीद सकते हैं।

स्पॉटिफ़ पर पॉडकास्ट: @ ब्रोकन हार्ट इंस्टा आईडी: बुकहब92
जीमेल: सुमितकुमार 88234 लिंक्डइन: सुमीत कुमार

क्रम-सूची

प्रस्तावना

पहचान नहीं पता खुद की और न ही बताना चाहता हूं पर फिर भी अगर आप सुनगे तो शायद आपको सुकुन मिले, ये सुन कर की एक तरफा रिश्ते के कितने साइड इफेक्ट होते हैं ..वैशे ही इसके मैं सनत (मेरे नाम का मतलब ब्रह्म है प्रति नाम से आगर बंटी तो में आज के जमाने में अंबानी ये टाटा बिड़ला रखता क्यों कभी भावनाओं के पिचे नहीं भागते क्यूंकि वो जनते है की सबसे बड़ी मुशीबत में ही से फिर से होती है। ने साथ छोड दिया ये बोल कर की तू किशी के लायक नहीं पर मुझे नहीं लगता है क्योंकि एक परिवार वही होता है, ये कोई दोस्त ये किशी का प्यार जो आपको आपके भी चला होगा ना दे पर मेरे तो जीते जी ही सब ने मुझे खुद से अलग कर दिया। किशी ने ये बोल कर की तुम अपरिपक्व हो, तो किशी ने ये बोल के तेरा कुछ भी हो सकता है जीवन में और बोल के की तू हमारी दोस्ती के लायक नहीं है..पर मेरा एक सवाल उन सब से जिन्होन बिना वजह जा ने ही मुझे पर ये इल्जाम लगा है। कौन है ये लोग और क्यों में मानू इनकी बातें अगर किशी के कहने से हम आज बदल जाए तो, जिस हमने बनाया है वो पहले से बदला हमारे अंदर के। कहानी कुछ बड़ी नहीं है मेरी क्योंकि इमोशन्स ही इतने बड़े थे की कहानी लंबी हुई ही नहीं (कोई फिल्मो वाला प्यार नहीं था मेरा सब की तरह, एक छोटी शि लव स्टोरी।कही नहीं सुना होगा न की इतने सारे हीरो क्या करू ये कोई फिल्म है ही नहीं की कोई और अतिरिक्त किरदार जोड़ी और ना ही में कोई निर्देशक हूं जो इसकी स्क्रिप्ट बदल दूं क्यूनी वो तो बड़े बड़े से ऊपर आराम से बैठे हुए हैं...पहचान की पता खुद और न ही बताना चाहता हूं पर फिर भी अगर आप सुनगे तो शायद आपको सुकुन मिले, ये सुन कर की एक तरफा रिश्ते के कितने साइड इफेक्ट होते हैं..वैशे हाय इट्स मी सनत (मेरे नाम का मतलब भगवान ब्रह्मा है पर नाम से ये दिए गए हैं बंटी तो में आज के जमाने में अंबानी ये टाटा बिरला रखता है क्योंकि वो कभी भावनाओं के पिचे नहीं भागते क्योंकि वो जनते है की सबसे बड़ी मुशिबत में से सुरू होती है और उसमें भी मेरे जीवन से अब

तक बोल कर की तू किशी के लायक नहीं पर मुझे नहीं लगता की में के लायक नहीं हूं क्योंकि एक परिवार भी होता है, ये कोई दोस्त ये किशी का प्यार जो आपके आपके चले जाने के बाद भी किशी और को आपकी जगा ना दे।

.पर मेरे तो जीते जी ही सब ने मुझे खुद से अलग कर दिया। किशी ने ये बोल कर की तुम अपरिपक्व हो, तो किशी ने ये बोल के तेरा कुछ भी हो सकता है जीवन में, और किशी हमने हमारी दोस्ती के लायक नहीं है..पर मेरा एक सवाल उन सब से जिन्होन बिना वजाह जाने ही मुझ पर ये इल्जाम लगा है। बनाया है वो पहले से ही हमारे अंदर बदलाब कर के भेजता है। कहानी कुछ बड़ी नहीं है मेरी क्योंकि इमोशन्स ही इतने बड़े थे की कहानी लंबी हुई ही नहीं (कोई फिल्मो वाला प्यार नहीं था मेरा सब की तरह, एक छोटी शि लव स्टोरी।कही नहीं सुना होगा न की इतने सारे हीरो क्या करू ये कोई फिल्म है ही नहीं की कोई और अतिरिक्त किरदार जोड़ी और ना ही में कोई निर्देशक हूं जो इसकी स्क्रिप्ट बदल दूं क्यूनी वो तो बड़े बड़े से ऊपर आराम से बैठे हुए हम देख रहे हैं...

भूमिका

सुमीत कुमार

सुमीत कुमार, एक वयस्क जो जीवन के कई चरणों का अनुभव करता है, एक प्रसिद्ध लेखक और नए युग के लेखक हैं। वास्तव में वह एक लेखक होने के साथ-साथ गायक, कवि, शायर, उद्धरण लेखक, गीतकार और एक कलाकार भी हैं। एंकर या स्टैंडअप कॉमेडियन। उनके बारे में बहुत ही रोचक और दिलचस्प तथ्य यह है कि वे नए युग के लेखक हैं यानी उन्होंने अपने लेखन की यात्रा उस उम्र में शुरू की जब वह अध्ययन करने के लिए स्कूलों जा रहे थे।

उनकी 100 पुस्तकों की स्ट्रीक महान होगी भविष्य में उनके लिए उपलब्धि, उनकी कुछ प्रसिद्ध रचनाएँ यानी प्रेम की परिपक्वता (शैली _प्रेम) स्वप्न की गोपनीयता (शैली-मध्य वर्ग की जीवन शैली)।

आप नोटियन प्रेस, अबे बुक्स, इम्युजिक इन, फ़िलपकार्ट, एमेजॉन, किंडल, इंस्टेंट रीड लाइक ईबुक, किंडल, गूगल, इंटरनेशनल साइट्स और कई अन्य से भी उनकी किताब खरीद सकते हैं।

स्पॉटिफ़ पर पॉडकास्ट: @ ब्रोकन हार्ट इंस्टा आईडी: बुकहब92 जीमेल: सुमितकुमार 88234 लिंक्डइन: सुमीत कुमार

पावती (स्वीकृति)

सुमीत कुमार

सुमीत कुमार, एक वयस्क जो जीवन के कई चरणों का अनुभव करता है, एक प्रसिद्ध लेखक और नए युग के लेखक हैं। वास्तव में वह एक लेखक होने के साथ-साथ गायक, कवि, शायर, उद्धरण लेखक, गीतकार और एक कलाकार भी हैं। एंकर या स्टैंडअप कॉमेडियन। उनके बारे में बहुत ही रोचक और दिलचस्प तथ्य यह है कि वे नए युग के लेखक हैं यानी उन्होंने अपने लेखन की यात्रा उस उम्र में शुरू की जब वह अध्ययन करने के लिए स्कूलों जा रहे थे।

उनकी 100 पुस्तकों की स्ट्रीक महान होगी भविष्य में उनके लिए उपलब्धि, उनकी कुछ प्रसिद्ध रचनाएँ यानी प्रेम की परिपक्वता (शैली _प्रेम) स्वप्न की गोपनीयता (शैली-मध्य वर्ग की जीवन शैली)।

आप नोटियन प्रेस, अबे बुक्स, इम्युजिक इन, फ्लिपकार्ट, एमेजॉन, किंडल, इंस्टेंट रीड लाइक ईबुक, किंडल, गूगल, इंटरनेशनल साइट्स और कई अन्य से भी उनकी किताब खरीद सकते हैं।

स्पॉटिफ़ पर पॉडकास्ट: @ ब्रोकन हार्ट इंस्टा आईडी: बुकहब92 जीमेल: सुमितकुमार 88234 लिंक्डइन: सुमीत कुमार

1

अजनबियों से मुलाकात

मेरी लाइफ टीनएजर में इतनी खराब होगी कभी नहीं सोचा था बचपन में ख्वाश रहती थी की बड़े कब होंगे पर ये ख्वाश उस दिन बिकुल खतम हो जी जिश दिन में अपने जीवन के तीनो खलनायक से मिला, वही तो हर फिल्म कुछ भी हो जाए आखिरी कर हीरो ही जीत तो है आखिरी में। प्रति मेरी लाइफ में जीता किश कहते हैं मुझे ये पता ही था.. सब आपके लाइफ के हीरो होते हैं पर रियलिटी में वो कहीं न कहीं किशी के लाइफ में विलियन जरार होते हैं और उनको पता भी... मुझे आज ये अहसास हो रहा की जिंदगी में जो चीज हम कभी नहीं करना चाहते वो एक किशोर वाला प्यार करवा ही देता है। वो भी एक पल में ही और जो होने की उम्मीद नहीं होती वो भी बहुत कर हो ही जाती है ... जीवन की सबसे बड़ी गल्ती है क्योंकि हम भूल ही गए की ये जिंदगी पूरी गूल है (मेरा मतलब सर्कल और पृथ्वी का आकार भी सर्कल है) प्रति एक बात जरूर कहुंगा की अगर मंजिल एक हो तो उसमें कभी भी कभी भी जो जीत होती है था है उसे ही ठीक है लोग... जैसे की जब भी हमारे परीक्षा होती है तो वह कफी प्रतियोगिता रहती है रैंक हासिल करने के लिए जो किशी एक ही इंसान को नसीब होता है। उसी तरह से आपकी लाइफ भी बिल्कु भी है और उसके रहे भी एक ही है...पर उस वक्त ये बात नहीं

पता रहती की जिश चीज की हम हमश खविश रखते हैं, उसमें बनाबत भी किशी चीज की हूं भी इतनी तकलीफ भरी होती है आगे जकार जिसे सोच कर भी डर लगता है। और में तो उस वक्त एक ऐशी मंजिल पे चल रहा था जिस्की रहा भी बिलकुलो आशा नहीं थी। वास्तव में यही है कि यही है। ये क्यों कभी खुद को इतना तन्हा माने पाता है जहां चार दिवारो के इलावा कुछ भी देखने को मिला ही नहीं, बश उस वक्त एक ऐशी कैद में रहता है जहां वीरान रहा है। ये भी है की अच्छी आईशी भी क्या तन्हाई होती है की जिसे खुद से दूर करने की तलाश में हम किशी और को आपकी रूह दे बैठे हैं।

वही भी क्या जरूरी होता है किशी की जिसके तखय्युल में हम कुछ पाने की मुराद ही खो देते हैं। उस वक्त संभल जाता अगर किशी ने साथ दिया होता, उस वक्त शायद संभल में तब तक मजबूत की अगर किशी ने आंखें में खामोशी की वजाह न दी होती, उस वक्त संभल जाता अगर किशी ने मेरी कलाई पकार के ये कहा होता है तो बहुत दर्द होता है। की ना उस वक्त ने मेरा साथ दिया न ही मेरी रूह ने.ये एक आसिही कहानी जिसके पात्र बिलकुल ही अलग है। और ये भी की ईश कहानी में शायद अब जकार में आपके साथ न रहूं, प्रति कहानी आपकी पूरी कर के जवान, क्यूं में नहीं चाहता की आप एक ऐसी मजनू की कहानी सुनुद जीस्की . तो अब इंतजार नहीं, क्योंकि वक्त भी नहीं है ..... सुरु करते हैं ....

"उसकी तबस्सम के सफर
में खुद के
वजूद को मीठा चुका हूं
प्रति तलब तो ईश
बात की रह गई
की
में आज भी उसी
ख्यालो
में जिंदा हूं......

सुमीत कुमार

"

"एक तर्फा प्यार की
अलग ही बात होती है
की जिश इंसान से
हम मोहब्बत करते हैं
वो किशी और की तिश्नागी
रखते हैं..."

2

जीवन का दर्शन

मेरी लाइफ में सब कुछ ठीक था उसके आने से पहले बहुत कुछ करना चाहता था और बाकी की तरह मेरे भी के बड़े बड़े सपने थे जैसे एक बात बता दूं खुद के बर्रे में एक में एक और मुझे जानने के लिए छात्र हूं। काफ़ी शौक है और लिखने का भी पर मुझे क्या पता था की जो में लिखता हूं किशी और के लिए उसकी ज़रूरत है मुझे आएगा जेक खुद ही पारेगी। यादों बिलकुल ज़हर की तरह होती है अगर शरीर में प्रवेश कर गई ना तो इनका बाहर निकलता है हम ने अगर वक्त रहते हैं तो निकला तो आगे जाकर मौत का भी सामना करना भाग है .. नहीं है पर इसकी जरूरत भी है की आज सब कुछ बताता है जिसके कारण काम से काम कोई एक भी इंसान समाज जाए तो मेरे लिए काफी है। ये में भी मेरी उमर कफी बात कार्ति है क्योंकि अगर जिश उमर की समाज मुझे अभी है काश उससे मिलने से पहले होती है तो समाज जाता में प्यार व्यार कुछ नहीं होता है ये तो एक भ्रम है भावनाओं का हम जितना होगा करेगा, मैंने ये नहीं रखता यार की आप उसे कितने दिनों से जनता हो, ये कितने दिन हो गए आपको साथ रहते और कितना केयर करते हो आप उसके लिए, और ये भी मैंने ही रक्षा करते हैं कि कितने दिन हैं सब तो जुठ तब लगता है जी अब आपके बिच गलत फ़हमनी मिला हो जाए। काम तकलीफ का सामना करना परेगा क्यों (प्यार तो सच में कड़वा होता है), प्रति कोष ज़ारोर करना क्यों की लाइफ को परफेक्ट बनाने के लिए इसे अच्छी चीज

मैंने अपनी पूरी लाइफ में नहीं देखी .... आइसक्रीम की दुकान से लेकर मोहल्ले वाला प्यार था हमारा, हा जनता हूं मैंने ही कहा की कोई प्यार व्यार नहीं होता, ये मुझे लगता है पर सबको लगे ये जरूरी है तो कुछ नहीं और क्या कहूं पहली बार मिला था और उससे वो भी गुसे वाली सकल के साथ बहुत प्यारी लग रही थी हाथों में चूड़ियां थे,

कानो में कान की बाली और सेहरे पर अजीब शि चमक (वैशे बाद में पता चला की सब मेकअप का कमाल था, एक तो मेकअप भी कमाल की चीज है आजकल के जाने का, क्यों खुदा की बनाबत ही बदल देती है क्या है) फिर भी कफी खूबसूरत थी, वैशे माफ करना उसके ख्यालो में खोने के लिए पर क्या करू जिंदगी में जब किशी से पहली बार मोहब्बत हो ना तो दिल और दिमाग कबू में क्या बीजे आउट ऑफ लाइफ ही देख और गुसे वली सकल से ध्यान आया की वो वो आइसक्रीम वाले से इस्लिये लड़ड थी मेरा मतलब है लड़ाई कर रही थी क्योंकि उस दुकानदार ने उसका स्वाद उसे देने की वजाह मुझे दे दिया। वही अभी भी तकलीफ होता है और क्यों अखिर क्यों किया??? दुकानदार वाले भइया अगर देख कर देते आइसक्रीम तो मेरी नज़र ना उसके लिए के तारफ जाति और न ही में उससे कभी मिलता है और ना ही कुछ होता है। के सहे आ गए हैं उसका हम कुछ कर भी सकते हैं ....वैशे सही ही कहा है किशी ने की जिंदगी की नियति हमारे जन्म होने से पहले ही तय हू जाति है तो इसमें कोई और क्या करे... और मुझे आज तक एक बात समझ नहीं की आइसक्रीम के लिए कौन लता है, और उनके पास वही आखिरी स्वाद क्यों था, पर मेरी भी गलत है आइसक्रीम की जग उस वक्त उसकी बातें में। में पिघल रहा था मुझे भी पता नहीं उस वक्त मदद करने की क्या इच्छा जगी की मैंने बोला की आप की जगह करो मुझसे मैंने अभी जूठी नहीं की है। गया उसे नजरों में उस वक्त, आज भी वो बात याद आती है तो दिल एकदम धुक सा जाता है, मेरा मतलब है कि मेरी आंखों में आंसू आ गए हैं) ... फिर क्या था उसे भी कहते हैं बोला की हा आप मुझे बदल दें उसके थोड़ी देर बाद मुझे धन्यवाद कहा .....

.हा थैंक्स लाइफ की सबसे बड़ी पनौती है की हम लडकिया थैंक्स क्या बोल दे हम खुद को शाह जहान और उन मुमताज समाज बैठे हैं,

और में थोड़े ही अलग हूं सबसे ज्यादा कर में भी एक इंसान हूं, वक्त याही महसोश हुआ की हा में शाह जहां हूं और वो मेरी मुमताज है...पर मैंने कभी ताजमहल बनाने का नहीं सोचा उसे याद में, क्योंकि उसे अब याद ही नहीं करना चाहता में भी, वही बहन से कहा है.............

"की वक्त सही चलता
हमारा
अगर तुझसे मोहब्बत न होती (2)
और जो यादें मेरे मौत
का इंतेज़ाम कर रही
है तेरे लिए
उनकि छाया भी
आज मेरी गुलाम होती.............
"

"अभी भी जिंदा हुं
तेरे ख्यालो में
कोई नई बात तो
ज़रुर होगी
एनए......
और अगर मार्ग ही
मुराद होती तेरी
मुझे लेकर
तोह उस्की काशीष

टेरी आँखों
में

जरूर होती।"

"हा मानता हूं
वजूद का नहीं
बेबसी का ज़रिया

सुमीत कुमार

तेरे लिए
प्रति तू तखय्युल तोह
कार्ति एक बार
मुझे पाने के लिए....
में मार्ग मांग लता
उष खुदा
सेह तेरे तखय्युल के
लिया ....
"

3

अजनबी बने जीवन के यात्री

हा तो मेरी मुमताज का नाम सायरा था इसका मत तो नहीं पता और ना ही पता करना चाहता हूं, वैशे सायरा एक आइशी फैमिली से संबंधित कारती थी जहां बेटीयों के लक्ष्मी का रूप मन्ना जाता था, और में एक ऐसा परिवार से लोग कर रहे थे हम निकम्म्मा, गढ़ा, और बिना कामकाज़ वाला इंसान के रूप में मन जाता था, और उन में उनकी भी कोई गलती नहीं क्योंकि मैंने अपनी लाइफ में उनके लिए कभी कुछ किया ही नहीं, वास्तव में कुछ ऐसा ही मैंने किया था है में उनके लिए क्या करता हूं। खैर सायरा के पापा का पेशा एक सैन्य आदमी का था और मेरे पापा एक प्रोफेसर थे (यार परिवार में सब पेशा चलेगा बश ज्ञान देने वाला पेशा न हो क्योंकि बारी तकलीफ होती है जब वो कोई नियम बनाए और उन पर हम कभी चल न एक दूसरा तकलीफ हम नहीं होती, तकलीफ तो उन होती है क्योंकि हम उनके नियम पे चल नहीं पाते हैं। मेरी जिंदगी में मैंने कभी एक पेशा को चुना नहीं किया क्योंकि मैं तो उन्हे चुनता हूं लेकिन बाद में वो मुझे देता है। बात बिलकुल सिंपल है यार में किशी भी प्रोफेशन में फिट नहीं आता था, क्या करू किशोरी वाला दिमग था ना। मैं एक ड्रॉपर था उस वक्त पर वो अपना दूसरा साल पूरा कर रही थी एक विज्ञान के छात्र के रूप में (धारा: विज्ञान: विषय

:पीसीबी)देखो बात बिलकुल सिंपल से ही किशी भी फिल्म में आपके देखा ही होगा की जाति को लेकर कितने पाएंगे होते हैं प्यार में। में अच्छी बॉन्डिंग मेरे पापा और उनके पापा कफी आचे दोस्त थे पर कोई भी नहीं कहेगा कि वो अपनी बेटी की शादी किशी और फैमिली में कर दी (वैशे मेरे पापा खुद ही कहेंगे कि उनका जो एकलौता गढ़ा बेटा है उसमें परिवार खैर अभी तो मोहब्बत भी नहीं हुई तो ये सब बातें करके क्या फैदा। उस दिन आइसक्रीम की दुकान पे मिलने के बाद मुझे ये पता था कि वो मेरे मोहल्ले की ही लड़की है। कितना भी अच्छा वक्त साथ क्यों न हो कभी सामने नहीं दिखता)। कफी गुशेल लड़की थी और नचचारधी भी क्योंकि उसे मोहल्ले में कभी भी किशी से नहीं बंटी थी, और आप ही बतायो, यानि के यो?अगर किशी लड़के ने आपको प्रपोज किया तो किया हो तो आप उसे मन भी तो कर सकते हैं न तो उससे उसे हाथ ही तोड डाला, मैंने मोहब्बत में दिल तुझे देखा था पर कभी कि कहीं भी कहीं की कल्पना करें किया था, प्रति उस लड़के को क्या पता था उस वक्त की जिश लड़की को वो प्रस्ताव करने वाला है, उसे कराटे में ब्लैक बेल्ट ले रखा है, अगर पता रहता तो कोई कोशिश ही नहीं करता उस जंगली पे और में भी सोच, क्योंकी हाथ है तो जज्बात है और मैं उसे खंडित हो जाता है तो देख सकता है। उस दिन के बाद भगवान किशी ने उसकी तरफ आंख उठा कर के भी देखने की कोशिश नहीं की। ये सब होने के बाद उन्लोगो ने व्हा से अपना रूम चेंज कर लिया और हमारे बगल में रहने आ गए थे क्योंकि बगल वाला घर उन्ही का था ये बात हमें नहीं पता था। करते थे वो शायरा का था। वो सब चीज में कोई नहीं थी, पढ़ाई, खेल, सौदेबाजी, काम, गायन और कई चीजें। और कहीं न कहीं में भी कोई भी प्रति नीचे से नहीं। (यार एक तो हमारी माताओं अलग है) अगर बगल में कोई पड़ौसी क्या आ जाए तो उन ये लगता है कि हमरा कोई रिश्तेदार मिल गया हो जो की खंभ के मेले में खो गया था। पाया, जंगली तो थी पर क्यूट भी कफी थी, गुसा तो कार्ति थी प्रति कफी खुबसूरत भी थी, क्या कहु बश कोई जड्डू था उसमे की उसमें तराफ गीचा चला जाता था। अच्छे से पढ़ना चाहिए था तब उस वक्त शायद ये समाज पता की क्या है हम दोनो के ए बीच जो भी है ये में ही दिओनो की वजह से है ...हम मिले तो

नहीं थे पर हम पता था की हम दोनो एक दसरे के पड़ोसी है और क्या करे जो होना है वो तो होके ही रहेगा ...उश दिन जब ऐसे दसरे की आंखें में देख बार बात हुई थी तो आयशा लगा था की यही है मेरे सपनों की रानी और कोई नहीं, प्रति सपने तो सपने होते हैं।

एक अलग ही खुशी मिलती है जब कोई परोश में एक लड़की आ जाए, मान सैंट नहीं रहता उस वक्त बश यही कहता है किशी न किशी तराह से उस से मुलक़ात हो जाए, में भी उससे बात करता है की उसमें भी शामिल होता है। देख अपनी पूरे दिन और रात काटूं प्रति जो चीज उस लड़के के साथ सायरा ने किया था उस वक्त। उन ख्यालो को सोच कर मुझे हिम्मत ही नहीं हुई की में उससे जेक बातें करू। हुई की हमारी मुलक़क़त भी उसी के बनाम हुई, मेरा मतलब हमारे घर में किशी चीज़ की पूजा थी जिसमे मोहल्ले के सारे लोग ऐ थे जिसमे सायरा भी थी ....(जब भी सुनता था की वो आ रही है तो बश उसी के ख्यालो में खो जाता था, कुछ दिखता ही नहीं था उसके सामने) जब सायरा आई तब उसे देखने के लिया क्या काया नहीं किया पुचो मैट वही बना कर नहीं दी, पर उसे देखने और उससे बातें करने के लिए यह करना ही बहुत में, और ये अतिथि संत से बैठे क्यों नहीं है हर वक्त में कुछ न कुछ क्यों खाने पीने के लिए हैं। बना कर लेकर गया और सबने पिया भी पर उश साक्षी ने नहीं पिया जिसके लिए मैंने ये सब कुछ किया था। उसे कॉफी पसंद थी ये बात मुझे बाद में पता चली, कोई लैला मजनू नहीं थे हम न ही कोई हीर और रांझा, बश मोहब्बत ऐसी थी उससे की क्या बताऊं??? ने उस दिन मैंने काफ़ी कोसिस की उससे बात करने को पर कोई ना कोई ऐसा वजाह आ जट्टी की में उससे मिल नहीं पता, किस्मत का अलग ही रिश्ता है क्योंकि जब में उससे मिलना चाहता था तब तक आपको शेयर करेगा मिला ही नहीं, और जब नहीं कहता था तब ऐसी मुल्कता हुई जिसकी कोई उम्मेद ही नहीं थी..वो कहते हैं न जिश चीज से आप जितना दूर जाएंगे वो उतना ही आपके करीब आएंगे। वो मुझे अच्छी तरह से जनता थी, उस दिन उसे वो सब देखा जो में उसके लिया कर रहा था, उससे बातें करने के लिए पर उसे एक बार भी पलट कर नहीं देखा मेरी तरह। दिन तो उसे मुझसे आचे से बात की फिर आज क्या होगा, ये ईश तार से क्यों व्यवहार कर

रही है मेरे साथ। हम लड़के सच में पागल हो गए हैं जो अपनी जिंदगी का बतबारा किशी और के लिए कुछ कुछ है। नहीं जनता था उस वक्त की वो मुझे इग्नोर क्यों कर रही है, ऐसी भी क्या बात होगी...

दो दिन तक ईश बात को सोचा रहा की ठीक उसे मेरी तरह देखा क्यों नहीं ... मोहब्बत भले ही एक तरफा ही क्यों ना हो, उस वक्त जो चीज भी हमारे पास रहती है हम उन सब को बलिदान करने के लिए है.हा सही तो बात, मानता हूं मेरे पास उस वक्त कुछ भी नहीं था बलिदान करने के लिए, प्रति जिश वक्त को उसकी यादें में कात कर निकल रहा था वो भी तो कहीं न कहीं और उसी दिन करता था। तो किशी तरह से मैंने गुजर लिया पर अगले दिन फिर कोसिस की उससे बातें करू, और हुई भी पर ईश तरह से होगी ये नहीं सोचा था, मुझसे लगता था की वो काम से मेरे से तो फिर से बात करेगा साथ होता है .....बटूंगा नहीं खुद ही देखलो ... प्रति मुझे एक बात कभी भी समाज नहीं आई की कुछ ही दिन तो हुए हैं उससे मिले, और इतनी जल्दी मुझे उससे मोहब्बत भी होगी और इतनी भी क्या बेचनी है उससे बातें करने के लिए, उसे देखने के लिए, उसे देखने वाली नजरों के लिए इतना क्यों इतना बीताब हूं ??ये बातें पता नहीं कहा से आती, क्यों आती है ये भी आजतक एक रहश्या है ?? खैर आगे चले और देखे क्या हुआ अगले दिन ....

"मोहब्बत में जो मिली

नफ़रत होती है कमाल की होती

हेन

क्योंकी उश वक्त न इस्की

राहों

से हम दूर जा सकते हैं

और ना ही पास....

"

"इत्तिफाक से ही सही

हिज्र औरो

तखय्युल
एक साथी
मिली है मुझे
और जब एन
आंखें
ने कुछ नयाब
करने का सोचाः
तब भी इनायत
में मर्ग ही
मिली मुझे ....”

4

झूठ का छिपा

21 जुलाई 2005 ईश दिनों को कभी नहीं भूल सकती आपकी जिंदगी में, कॉफी यादे जुरी है इसे, तो उसके आने वाले दी में अपने घर से निकला ही था की वो भी कुछ ही डर में अपने घर से निकली, प्रति मंजिल नहीं, वो आपके कराटे क्लासेस जा रही थी, और में आपके क्लासेस जा रहा था। तब भी मैंने सोचा की कल तो उसे नहीं देखा और न ही कोई मौका मिला, पर आज सही वक्त है उससे कहता हूं। को सोच के उसके पास जा ही रहा था की एक नए हद से हमारी जिंदगी में मूर लिया, माफ करना हमारी जिंदगी में नहीं सिरफ और सिर्फ मेरी जिंदगी में। के लिए आगे बढ़ ही रहा था की मैंने देखा वो किशी और से बातें कर रही है। स्टेशन प्रति आ रुकी जहां कोई भी पैसेंजर मौजूद नहीं था मुझे संभलने के ई लिए .पटा नहीं जब दिल में ये सब सियापा होता है तो ये भावनाएं, भावनाएं, रोना, खुद को अकेला पाना सब के होते हैं भी क्यों महसूश होता है, हा मानता हूं वो मुझसे नहीं होता है में अकेला ही ठीक हूं, वो नहीं मिलेगी तो कोई बात नहीं, कोई ना कोई तो उससे अच्छी ही मिल जाएगी। और जरारी थोड़ी ही की मोहब्बत एक से ही हो। है, प्रति फ़र्क तो ईश बात की है हम ब्यान नहीं करना कर्ता। क्यों कोई और नहीं मिला आपको भगवान, में ही था जिसके साथ आपको ये खेल खेलना था। नहीं मिलूंगा उससे ना ही उसके तार कभी देखेंगे, बश आब बहुत सोच लिया उसके बारे में अब कल से उसके बी आरे में सोचना बैंड, उसकी यादों को याद कर खुद को

तकलीफ देना बैंड, अगर वो किशी और के साथ खुश है तो मैं भी खुश रह सकता हूं, और रोने की बात ही क्या, मिला ना उसमें उससे न ही अपने ज़ज़बात उसे ज़हीर किया तो रोना क्यूं। नहीं सनत नहीं छोड़ दे सब कुछ, लौट चल अपनी याद में उसकी यादे से डर, अब नहीं जाना उसके लिए भी कुछ फिर से। उससे की उसके बिना में नहीं रह सकता...

(ये सब बातें उस दिन मेरे दिल और दिमाग से डर नहीं जा रहे थे, कफी कोसिस की खुद को संभल लूं पर ऐसी नहीं हुआ।) बात सोच थी प्रति कबतक सोचा क्यूं जब भी वो नाज़दीक से गुज़रती में खुद को अपनी मोहब्बत जो की उसके लिए थी उससे दूर नहीं रह पता ... ज़िंदगी कभी भी नॉर्मल नहीं होती कि कि जैशा की हम, क्यों होती है तो समझती है कभी ये सोचते ही नहीं। और ना ही इसे कभी परफेक्ट केले की कोसिस करते हैं। दुनिया में जीते भी लोग जब किशी न किशी एक तरफा प्यार करते हैं तो उनके अल्फाज उनकी मंजिल और उनकी राहे हमेशा होती है। और कुछ भी नहीं.एन सब चीजो के सोचने के बाद मैंने सोच लिया की अब उससे नहीं मिलनगा.............

फिर क्या था जो सबके साथ होता है वो मेर भी साथ हो रहा, और जो सब इश वक्त करता है में भी कर रहा था ... पता है क्या ????

उससे दूर रहने की कोसिस, खुद की खामोशी को किशी तबुस्सम में बदला की कोसिस, वक्त के कहने से बचने की कोसिस, उसे ना देखने की कोसिस..

सिरफ कोसिस कोसिस और कुछ भी नहीं.................

"की किशी न कहा है
की लड़के रोते नहीं
नहीं है
क्योंकी हमारे
आँखों में
आस्युन तो होते
है
प्रति

हमे कहना
नहीं आटा |”

“

और जहां बेटी बचाओ
बेटी पढाओ का सिलसिला
चला रहो हो
वाही जरा हमारे
बारे में तो सोचो
क्योंकी दर्द होते तो है
एन आंखें
प्रति हम ब्यान
करना नहीं आटा(2)...........”

“

इकरार तो किया
है अपनी
मोहब्बत का
फ़िर बेइबासी का
ज़रिया क्यु
दी रही हो
अगर तलब है
ही नहीं मुझे
पाने की
तोह फरोघ
की मुराद क्यों दे रही हो....
”

“हा मान लिया
मुराद की है

खुद को पाने
कि
प्रति मेरी मोहब्बत
की तखय्युल ही
जब सिफर है
तो क्या तमन्ना
करू तुझे पाने की.............”

5

आराध्य खेद

मोहब्बत में हमशा एक तरफा सच की ही हुकुमत चलती है ये बात सच ही है, पर उस वक्त ये बात शायद पता नहीं थी, वो कहते हैं आंखें से देखा सच हमें क्या होता है। करना भी एक राहे की तरह है क्योंकि हम इसे करना है, उतना ही हमारी जिंदगी कि तरज की मोहताज बन जाती है। जिशी साक्षी की वजह से मुझे नफरत की तालाब ने घेर रखा था, सयाद वो उसकी हकदार कभी थी ही नहीं, शायद जिश नफरत से मैं उसे देखता था, उस चीज का हकीकत शायद में था। को हवा दे देता है जिसी लैपटॉप में हमारी बची कुछ इंसानियत भी उसमे जल कर रख हो जाती है। हो गया था, बरबाद तो पहले से ही था पर उस दिन वो सब देख कर जो भी बच्चा कुछ आश थी उन सब को आपकी आंखों के सामने खो चुका था। में हर दिन तो उसे देखता हूं पर ईश बार नजरों में वो पहले जैसी बात नहीं थी। जो नजरें पहले उसे पाने के लिए किशी भी हद तक का सफर तय कर लेटी थी अब भी नजरों में उसे कुछ नहीं के लिए अपने करीब ला रही थी हम खुद से मजबूर, क्योंकि मजबूर टी ओह उस वक्त ने हमें किया जिसकी अर्श में लैला मजनू जैसे प्यार करने वाले भी बच्चे पाए। क्या उस दिन थोड़ी डेर और रुक जाता तो उस सचाई से कभी डर नहीं रहता जिसे मेरे जाने के लिए मुराद राखी थी.वो सब एक दिखावा था उस वक्त खुद से दूर रखने के लिए, वो बातें उस लड़के का हाथ पकाना, खुद को मेरे सामने आयशा ट्रीट करना की मेरे होने से उसे कोई फर्क ही नहीं भागा।

पहले ही कहा था मोहब्बत एक तान्हा जिसके लिए तो फिर उसे कभी नहीं को फिर से हम तब और फिर कभी नहीं कोयेगा संभव है।नफरत भी की रिवायत अलग ही जब किशी से होती है तो उससे अलग होने का नाम ही नहीं लेटी है। परचाई भी ना हो पर एक ही पल में आयशा क्या हो गया की में ये सब सोचने लगा, अच्छी आई क्या सचाई थी जिसकी कैद में मैं हर दिन खुद को तन्हा पा रहा था। यह थी उसे जो मुझसे इतना प्यार कर के भी मुझे कभी बताया ही नहीं दुनिया में हम हर बेवफाई पे भरोसा कर सकते हैं पर जब किशी की मोहब्बत में पहले दर्द मिले तो फिर कभी दर्द मिले तो गर्म बाद खुशी मोहब्बत की बात कर रहा हूं में, क्योंकि अगर वह मोहब्बत ही होती तो उसके ये सब करने के बाद भी काम से काम एक वजाह तो जाने की कोसिस करता की आखिरकार आयशा उसे क्यों किया, आखिर क्यों वो अपनी नजर को मुझसे चुरा रही है। था, उससे नफ़रत क्यों हो गई। जिस्क यादों के बिना में रह नहीं सकती अब उसे याद करें मेरे लिए मार्ग क्यूं बन रही थी। हर जग क्योंकी मोहब्बत तो हो गई थी मुझे पर उसे ज़हीर कभी नहीं उसके सामने, हा मोहब्बत तो हो गई थी, पर कभी भी खुद के बारे में उसे बताया नहीं मैंने उससे कितना प्यार किया। सासों चलने का नाम ही नहीं, उसके बिना, और ये दिल तो लगता है बिमार ही उसके बिना.ऐशी भी क्या त्रासदी होती है जिंदगी से जिससे हम प्यार करते हैं जिससे हम भी अपने कभी नहीं जानते हैं होता साची मोहब्बत तो कबी हाय हसील नहीं होती और अगर गल्ती से हो भी गई तो उसके बाद ये समाज के जो नियम है वो अलग कर ही देते हैं.पर हमारे मामले में आयशा कुछ भी नहीं क्यों ना उसे कभी जहीर किया न मैंने कभी उससे मोह किया था हमें ये एक ऐशी वीरन रह थी उस मंजिल की जिस्का कोई ठिकाना नहीं था।

21 जुलाई के अगले दिन ही में उस सेहर कर छोड कर चला गया बिना किसी से कुछ कहे और एक आइशी तन्हाई, खामोशी और नफरत के सारे जो होंगे जकार मेरे लिए सिर्फ एक ही सिरफ और कुछ भी नहीं .... काश उस दिन रुक जाता और आपके जज्बात को बता देता, और शायद वो मान भी जाती पर कोसिस ही नहीं करना चाहता, जो की मैंने अपने पूरे जीवन में किया था उस दिन भी से भी भाग गया गया।

सुमीत कुमार

"तुझ से मुकाबिल
नहीं हुआ
क्यूंकी इस्के
पीछे भी एक वजाह
थी मेरी

तुझे अपनी तमन्ना
तमाना इश्लिये नहीं
बतायी
क्युंकी दार्ता
था कही दूर
न चली जाए
तु
मुझसे..........
प्रति ये बात पता
नहीं थी ना
मेरी जान
की तू ईश
तरह से मुझे
बेबसी का ज़रिया
बना कर चली जाएगी...........
"

"तिश्ना हुन खुदा
की मार्ग का
क्यूंकी कोई और
रिवायत मिली ही
नहीं मुझे
खुद की
नादामित से दूर
होने के लिए......."

"खुदा से नफ़रत
की कशिश की थी (2)
प्रति उसने तो
मोहब्बत की मुराद
ही दे दी हिसे में .....
"

" "

6

प्यार की दिशा

उससे उस दिन अलग होने के बाद कफी रोया था, पागल जैशा हो गया था उसकी यादे में, हर सूबा जब भी आंखें खोलता तोह उसका ही सेहरा दिखाई देता और कुछ भी नहीं, जब से कुछ भी करता है कर रहा हूं। में उसे दुबारा पाने के लिए उस वक्त कुछ भी कर सकता था यह तक खुद की नुक्सान भ पौचना पारे में उसके लिए भी था, और आखिरी वही क्या मैंने जब हमने खुद को मारने का प्रयास किया था फिर भी बच्चा गया, शायद खुदा की उस वक्त ये मुराद ही नहीं थी को वो मुझे मौत दी।इश संसार में हर कोई एक न एक वजाह से आता है ये सब कहता है, जहां असली मुझे पता चली। मैंने ये सब कफी दिनो तक किया, उसकी यादो में रोना हाथ कटाना, खाना नहीं खाना, बुरी आदत की तालाब रखना, हर वक्त किशी ना किशी लड़ाई करना, किशी की बात नहीं सुन्ना, ये सब। मैं दुनिया हर एक वो आशिक करता हूं उमर ही नहीं मोहब्बत के फिरेब को समझने की जनम से लेकर जो जिंदगी भर का प्यार मैंने हमें पाला है और गुनगान किशी और का करता है। मैं नहीं कह रहा हूं कि हर एक लड़की गलत है। सिर्फ वही गलत है, हम भी गलत क्यों है जो हम उनके आने के पहले रहते हैं वो हम बाद में नहीं रहते हैं। अगर कोई इंसान अपनी इंसानियत खो दे तो किश तराह हम उसे ही इंसान कहेंगे हवाला कर दे तो उस साड़ीर काशा .उससे अलग होने के बाद लगाभाग मैंने उसे दो महिने माफ़ी मांगी प्रति मुझे माफ नहीं किया, में हर रोज

उसके मोहल्ले में जाता उसे देखने के लिए, पर वो बहार कभी नहीं आती। ये सिलसिला दो महिने से चार माहिन हो गया फिर भी हलत नहीं बदले। मुझे उस वक्त कुछ समाज नहीं आरा था की आखिरकार करू तो कारू क्या की वो मेरे पास फिर से आ जाए। लिया और कुछ भी नहीं, मोहब्बत भी किशी के एक जरूरत है ये नहीं जनता था। खैर कोई सिकबा नहीं था उसे, क्योंकि वक्त रहते में भी भूलने के लिए कभी नहीं सोचा था। , और हमा खुदा से एक ही मुराद की तालाब करता था की वो जहां भी है जिसके साथ भी है, खुश रहे और कुछ नहीं। से ये उस खुदा से कोई सिकायत नहीं मुझे, क्योंकि जिन लोगों की मुझे जरूर थी वो तो किशी और के पास थी, जिस मंजिल की मुझे तालाब उसकी रहे आज भी वीरन थी। जो इससे पहले जैसे नहीं हुए, क्योंकि मोहब्बत एक ऐसी तालाब जी की मार्ग मिलने के बाद ही किशी से डर होती है, तो मुझसे ऐश कैसे दूर हो जाती है। लगाने की कुछ वक्त गुजारने के बाद ही पता चला की वो की शि और से प्यार करता, यानी जिश चीज को जिंदगी भर सही मानता रहा बहुत में वही सच निकला।पर मोहब्बत तो एक से होती है उसे तो आशिको की लाइन लगा राखी थी, यानी की मेरा मतलब है की अपनी मोहब्बत का फरेब अपने चारो तरफ विस्तार (विस्तार) रखा था। और कहीं न कहीं मेरी मौत की कहानी भी इसी से जुरी है, पर अभी तो बहुत ही चरित्र बक्की है ईश कहानी जिसकी झलक भी आप सब ने नहीं देखी तो थोड़ा सबर करे आए के लिए। क्यों उसके चक्कर के लिए पहले ही तोड दिए थे मैंने, जिसी वजह न उससे कह सकता था, क्यों की अगर वो मुझे आपने पास भी तो शायद मैं इतना खराब हूं। है खराब हो जाति है, वो भी उस दो पल की मोहब्बत के लिए की हम उसे खुश रखने के लिया किशी को नुक्सान पौचा सकता है उस वक्त में। तो सबको एक जैशा बनाया तो फिर ये ऐसी क्यों है। किशी भी चीज के ये किशी भी इंसान के दो साइड होते हैं एक सकारात्मक और दशहरा नकारात्मक उशी तार मोहब्बत में भी दो साइड इफेक्ट होते हैं एक सकारात्मक और मेरे मामले में नकारात्मक इनकी अनुपात तटस्थ थाई .matlab v ओ मुझे तकलीफ भी दे रही थी और कभी कभी मोहब्बत भी। मैं एक ऐसी कैद में था उस वक्त की, ना में खुद को उससे निकल सकता था, उस

वक्त, और ना ही उसके अंदर रह। तो हम से सक्षम हैं, पर जब वही दर्द मेंटल मिले तो हम उसे आपके मार्ते दम तक नहीं संभल सकते हैं क्योंकि जब तक उसे जद को खतम न करदे हम तब तक वो दर्द हम से डर नहीं होगा। न में उससे डर रह सकता था न ही उसके पास क्योंकि दोनो हालात में नुक्सान |

मैं किशी भी तराह उसे भूला चाहता था, किशी भी तारह उसे याद करता था, क्योंकि उसके होने के बाद भी मैं खुद को अकेला महसूश करता था। मैंने सोच लिए की में अब ये नहीं रहुगा, और उसके कुछ ही दिन बाद मेरे डैड का ट्रांसफर भी हो गया किशी और सेहर में जिसके कारण से मुझे और उसे भी ये सुन कर एक वजाह मिल गई अब से दूर में आ गया ...... प्रति आछी किस्मत हर वक्त साथ नहीं रहती ये शायद मुझे मलूम नहीं था। ये बातें में क्यों कह रहा हूं खुद ही देखो आप सब...

मेरा ही हो रहा था। गुजरा है, हमने साथ जिया है, उस वक्त काश भी हलत क्यों ना हो पर आयशा कुछ नहीं हुआ.....

"कमर हो तुम

प्रति तौर-तरीका

की तलफुज्ज

नही

फ़िकर हो तुम

प्रति

मेरी मार्ग कि

हिफ़ाज़त नहीं

और जिश

कशिश की

तुम बात कह

रही हो(2)

उसकी तुम रिवायत

नहीं .....

की तेरी मोहब्बत

मैं
मर्ग की मुराद की है
खुदा से(2)
अब तू ही इससे बड़ी
इनायत क्या करू?
क्योंकी इत्तिफाक से ही
सही
मुझे तो मोहब्बत हो गई
तुझसेह
प्रति तुझे नहीं हुई तो
इस्की सिक्यत क्या करू.''

7

सच एक

वहां हूं उस वक्त ये आज भी तेरे लायक नहीं हूं, तुझसे मोहब्बत करना कोई फरेब नहीं था क्योंकि में पूरी दुनिया से फरेब कर सकता हूं पर तुझसे कभी नहीं, हा मानता हूं ये दुनिया कभी नहीं। केश बताऊं तुझे तेरी खामोशी की आदत नहीं मुझे, न ही तेरे बेगर कभी रह सकता है अगर तुझे पाने के लिए मार्ग भी मिल्टी तो तेरी कशिश में वो भी ले ले ले पर अफसों तो कुछ नहीं है की मैं जो मैंने आपने रिलेशनशिप की थी ये जो भी हमारा पास्ट था, मैं उस हर चीज को भूलाना चाहता हूं यार, अगर हो खातिर तो मुझे हर चीज के लिए माफ करना जो मैंने तेरे साथ किया है तुझे दिया है हा मानता हूं गलत था, और कहीं न कहीं आज भी हूं, पर अब तेरे बैगर नहीं रह सकता मुमकिन ही नहीं, जब खुद को अकेला महसूश करता हूं तब तेरी याद और भी आता है, और भी खिलती है, इससे ज्यादा कुछ नहीं कहूंगा अगर हो सकता है तो माफ करना। और हा तुझसे डर जा रहा हूं उसके लिए भी। तो एक बार बश मिलने आ जाना यार क्योंकि ईश नए सफर कुछ और तो नहीं पर आखिरी बार तेरी वो तबस्सुम ही मिल जाए तो समझ की ..., छोड रहने दे बश आ जाना अगर मन करे तो तेरी राह में....

तेरा सनत (सूमो) शॉक्ड लगा ना की ये लेटर आयशा क्यों है और कौन सा वक्त है हमारे बीच क्यों अभी तो मिले है हम, और क्या में सायरा को पहले से जनता था, और अगर जनता था तो ऐशी भी क्या बात

हो गई में .इन सब का जवाब दूंगा पर उसके पीछे कुछ और बातें देखता हूं। मोहब्बत में ये जरूरत नहीं की हमेशा हमे खुशी ही मिले और ये भी जरूरी नहीं है। की मेरे जीवन में तीन खलनायक और हीरो एक वो में खुद नहीं मेरी सायरा थी, क्यूं लड़की हीरो नहीं बन सकती क्या ??? मोहब्बत तो उसे की मुझसे असलियत में मैंने नहीं, क्यों में तो छोड़ कर चला गया था पर उसे कभी मेरा साथ नहीं छोटा। वही उसने कभी मेरे सामने आपने दर्द को जहीर ही नहीं किया कि वो दर्द से हर रोज गुजर रही है। कुछ हलत जिंदगी में ऐसे बन जाते हैं जिन्हे हम देखना भी पसंद नहीं करते हैं। ये तब तो और भी मुश्किल होती है जिंदगी जीने में।उसने मुझे खुद से अलग करने के लिए कफी कुछ किया, फिर भी मैंने उसका साथ कभी नहीं छोड़ा। उस दिन से अलग करने के लिए। के उनसे में जाते देखा, मैंने आपकी जिंदगी में बहुत कुछ खोया है, दोस्ती, परिवार का प्यार, खुद की पढाई, और बहुत कुछ, जिस चीज का मैं जहीर भी नहीं करना चाहता हूं। के सामने तब उस दिन भूल चुका था की प्यार क्या होता, उसने मुझे हर वक्त संभला, प्रति जब उसे जरूरत थी में नहीं था, में कफी संवेदनशील हूं इसलिये में ये कभी नहीं कहता था कि वो किशी और से प्यार करे, और शायद थोड़ा था उसे और कुछ ज्यादा ही ओवरप्रोटेक्टिव। और इशी के सहे उसे मुझसे अलग होने का सोच लिया था। लाइफ में एक बात आछी तरह से सिखी की अगर किशी से इतनी मोहब्बत करो जिसके बिना आप रह भी तो कभी उसे भी नहीं। रहेश ही रहने दो, प्रति मैंने यही गल्ती की जिसी वजह से उसे मुझसे अलग होने का एक रास्ता दिख गया। जब हम रियलेशनशिप में तबी की बात है, मुझे उसकी कफी याद आ रही थी एक दिन तो मैंने उसे कॉल किया, प्रति उसका कॉल बिजी बता रहा था जिसके कारण मुझे लगा की वो कहीं और से बात कर रही थी। उसे कॉल करने को पर हर बार एक ही स्टेटस बिजी.. और जब उसका कॉल लगा तब में खुद को संभल नहीं पाया। और उससे एक आयशा सॉल पुच दिया जो मुझे कभी नहीं पुछ्ना छैये तो पहले ही लिया था उसे मुझसे अलग होने का पर में ही पागल था जो उस वक्त भी उसके पीछे पर था। हम कभी कभी खुद को भी जाने दें यह भी उस वक्त जब हम पूरी तरह से सही रहते हैं, जिस साक्षी से आप मोहब्बत करते हैं उससे आप कभी डर नहीं

होना चाहिए तो इसलिया नहीं की वो आपकी मोहब्बत है, क्योंकि ये तो वह कोई नहीं है ए दुनिया में एक लड़की जिनसे आप बहुत प्यार करते हैं फिर से खुद से भी ज्यादा कहते हैं, उस सबसे ज्यादा प्राथमिकता देते हो, और ये ही नहीं, अपना वक्त, अपनी खुशी, अपना प्यार ये दे कभी कभी के साथ जिस्का सॉल हम पता नहीं हैं। पहले जुर्म तो बतायो फिर मार्ग दो हम कह खुद से अलग करो फ़र्क नहीं भागा। वैसा ही विज्ञान सही है मोहब्बत के बारे में ये सिरफ एक चलाबा है, और सिरफ एक चलाबा है, कुछ नहीं.इसके पहले मेरी बातें सुन के ये लग रहा होगा की वो मुझसे कफी मोहब्बत करता है इसलिय मेरे भला के लिए उसे मुझसे छोड दिया, जिसके कारण में और तकलीफ न मिले उसकी मोहब्बत में .

यह मोहब्बत एक रहस्या है ये पहले ही बोला था और इस्के के रज्जो होते हैं, तो मेरी मोहब्बत थोड़ी अलग कैसे हो सकती है...उसे तो वजाह मिल ही गई थी जब मैंने उससे ये कि प्यार की ना मेरे इलावा??? (ये उस दिन की बात है जब मैंने उसे कॉल किया था और उसका कॉल व्यस्त बता रहा था) बश ये सबसे बड़ी गल्ती थी मेरी की मैंने उससे ये सवाल पूछा, फिर उसके बाद कॉल क्या था उन मेरा बैंड कर्ड, मुझे ये तक ब्लॉक तक कर दिया, और उसे वक्त मुझे ये लगा रहा था की मैंने ही गलती की है। मैंने उसे कफी मन्नने की कोसिस की, और माफी भी मांगी की मुझे माफ से कभी देखा भी कभी नहीं देखा करुंगा, प्रति उसे मेरी एक भी बात नहीं सुनी, क्योंकि मोहब्बत तो थी ही नहीं वो तो एक फरेब था ना। ये दीन पहली बार आयशा लग रहा था की मैंने अपनी जिंदगी को किशी वीरान रह पे खो दिया। कुछ दिख ही नहीं रहा था, यादों के इलावा, सिरफ और सिरफ वो बातें इन आंखों के लिए। बात पता ही नहीं थी की मोहब्बत में तालाब सिरफ मार्ग के ही रास्ते ले जाता है ....

"

की वक़िफ़ था

ओस्के फरेब से

फिर भी तलब

थी

उषे पाने की(2)
और जिश
तबस्सुम को में
उसकी इनायत समाज
राह था
वो तोह
मर्ग थी
मेरे जमाने
की ......
"

"

की मुकाबिल
कहू भी
तोह कहु
किशे(2)
एक वो मक़ाम
है जिस्की सियासत
हर किशी को
चायिये
और दुसरी तरफ़
वो मर्ग है
जिस्की तिश्नागी
किशी को नहीं है.."

8

प्रतिबंधित प्यार

सब कुछ उसके बारे में जानकर भी ये कभी नहीं चाहता था कि उसे पता चले की वो कितना गलत है, और मैंने ये कभी उसके सामने कभी ये जहीर भी नहीं किया था उसकी मौजदगी से अब तकलीफ हो क्यों रही है आप हमदम की गलतियों को चुप न सको.पर अखिर कबतक ये बात शायद मुझे नहीं पता थी। जिश मोहब्बत को मैं दो तरफ़ा मानता था अखिर कर वो एक तरफ़ा हो ही गई। प्रति उससे अलग नहीं होना चाहिए किशी भी तारिक से, उसके साथ रहना चाहता हर वक्त काहे वो गलत ही क्यों न हो। जब उस सेहर को छोड़ कर गया तो लगा की भूला मुश्किल होगा और इतना ही था उसे याद इतनी आने लगी की में खुद को रौक ही नहीं पा बात करने से, मैंने कोशिश भी किया कॉल वो से जाने के बाद वह स्थिति था मेरे अतीत का (व्यस्त) लगभाग तीन माहिन और गुजरे कुछ नहीं बदला के प्रति उन तीन महिनो में उस वक्त शायद सब कुछ भूल गया था .उसकी यादें, सत ज में बिटे हुए पल, और भी के सारे चीजो, मेरे नीट्स की परीक्षाएं भी थे जिसके करन में नहीं कहता था कि उस वक्त की किशी और पे ध्यान दूं, फिर में मेरे खुद को संभलने में मेरा लगा जो भी मेरे साथ मेरे पास गया था इतने में हुआ था उन सब से निकलने में, मैंने खुद की ही मदद की, खुद को ही आगे बढ़ा, जिंदगी में कहो काशा भी दर्द क्यूं ना हो आप सबसे निकले सक्षम तो ये अगर कहीं किशी भी प्रति वो एक आइशी जंग थी जो मैंने खुद ही सुरु की थी तो इस्मे किशी

और की मदद क्यों लेता है। फिर क्या था मैंने खुद ही कोसिस की और अखिर कर कुछ महिने बहार भी निकला इसे। किस्मत हर वक्त साथ नहीं रहती।

जब कुछ बहुत के लम्हे आपके भविष्य के हरेफ बन जाएंगे तो जो कुशिया मिलने वाली है वो भी सिरफ एक मुराद बन कर ही रह जाति है, अब पूरी कहानी फिर से सुरु होती है लगाभाग इतने में, ठीक बाद में, प्रति अब भी क़ाफ़िला एक रिवायत बन कर फिर मेरे सामने आ गया था। जिश मुकाबिल से मैं डर जाने की कोसिस कर रहा था वो मेरे सामने फिर आ ही गई, जो की कोई और नहीं ही मेरी मोहब्बत उस समय से ही सही पर उस दिन, उस आइसक्रीम की दुकान पर मिला था। ये मेरी दसरी ऐसी जिंदगी थी जो उसके यादे में अब भी कैद थी और मुझे इसके बारे में पता भी नहीं था। से एक बार मेरे सामने था, वो भी मेरी मोहब्बत की सकल में। क्या कहु उस दिन के बार में कुछ समाज ही नहीं आ रहा है। ने मेरी मौत की जग ले ली..आब उस दिन के बाद क्या हुआ मैंने उससे बात की नहीं जब वो उस दिन किशी और से बात कर रही थी, और जो लेटर मैंने उसे दिया था क्या उसे पढ़ा, और क्या वो मुझसे मिलने आया था, और मेरे जीवन को वो तीन खलनायक कौन था, और मैं बोल रहा था यही परब ने मेरी जान ले ली, क्या सच में वही वजाह थी मेरी मौत की ये कोई और वजाह थी, और मुझे कैसे पता की मेरी मौत कुछ कुछ बड़ी है और हुई बड़ी भी तो यह है रिवायत खतम ..... में जनता जब आप सब ये पढ़ोगे तो इसे भी जायद देखालो ने आपको घेर रखा होगा, प्रति इतना इमदाद कर सकता हूं की मेरी कहानी अभी बाकी, मेरे मार्ग की वहां है तो मैं भी हूं। नहीं रहेगा पर मेरे सब मेरे होने के वजूद को हमा जिंदा रखेंगे ....

"फलक की तिश्नागी

मैं

इख़्तिलाफ़

मार्ग और

कफस

की पहचान ही
भूल गया ....
"

"तेरे शाद की
कफस में आज
भी हुन
खुद की मोहब्बत
केई
राघबत में।
मैं
आज
भी हुन..
"

"तू भले ही भूल
जाए
मुझे आपनी
नादामत में
प्रति कबल
उसकी तखय्युल
की तिश्नागी में
में आज भी हूं(2)

"

9

जिंदगी जितनी साफ दिखती है उतने ही ढुंडले है इसके ख्वाब के हम जमने से कितनी भी बातें क्यों ना कर ले फिर भी भ्रामिति रहेंगे इनके बिचार इश्क की नुमाइश गलत नहीं है पर अगर उसमे हुस्न की बातें की जाए तो एक तरफ़ा नहीं ये पूरी महफ़िल में गलत सवित की जाएगी क्योंकि हुस्न सेह सिरफ इश्क की तौहीन ज़माने होती है जाने में आशियाने नहीं बनते|